# 反斗群英 1

# 小三戊班

## 梁望峯

群英小學

小天地
Little Cosmos

# 人物介紹

## 夏桑菊
成績以至品行也普普通通的學生，渴望快些長大。做人多愁善感，但有正義感。

## 黃予思（乳豬）
個性機靈精明，觀察力強，有種善解人意的智慧。但有點霸道，是個可愛壞蛋。

## 姜C
超級笨蛋一名，無「惱」之人，但由於這股天生的傻勁，令他每天也活得像一隻開心的猴子。

## 胡凱兒
個性冷漠，思想複雜，口直心快和見義勇為的性格，令她容易闖出禍來。

## 孔龍（恐龍）

班中的惡霸，恃着自己高大強壯的身型，總愛欺負同學。

## KOL

年紀小小的 youtuber 和 KOL，性格高傲自戀。

## 呂優

班裏的第一高材生，但個子細小又瘦弱，經常生病。

## 蔣秋彥（小彥子）

個性溫文善良的高材生，但只有金魚般的七秒記憶，總是冒失大意。

## 方圓圓

為人樂觀友善，是班中的友誼小姐。胖胖的身型是她最大的煩惱，但又極其愛吃。

# 目錄

群英小學

## 第 **1** 章

# 危險的火星人

九月一日，**開課日**。

這天，夏桑菊正式升上小學三年級，可擺脫初小生的稱號了。更重要的是，他終於得到了爸爸的批准，讓他自行上學。

大清早，夏桑菊比起床頭那個豬頭形狀的鬧鐘更早起床，整個人精神奕奕的，快速洗漱和吃完早餐，就準備出門。

在家門前穿上新買的黑鞋，爸爸一臉擔心地問：「小菊，今天是你第一次乘車上學，要不要爸爸陪伴你啊？」

夏桑菊正想說不，媽媽已搶先一步喊：「夏迎峯！你要給小菊獨立行事啊！我在小學一年級時，就已經自己乘車回校了！」

媽媽總愛連名帶姓的喊爸爸，原因不明。

爸爸縮了縮頭頸，像一頭受驚的烏龜，他連忙改口：「是是是是是！」

他轉向兒子，仍是不放心地叮囑：「萬事小心啊！」

夏桑菊一挺胸膛地說：「我會小心！」

居住在灣仔區的他，獨自走到巴士站，

踏上前往西環的巴士。首次自己一個上學，他不禁**戰戰兢兢**，卻難掩愉快的心情。

記起每天也有校車接送的日子，他自覺長大了。

回到學校的時候，如常走到操場附近的小賣部，他每天總愛喝一包維他奶，才開始一天的上課。

小賣部正排着長長的人龍，夏桑菊排在一個女生後頭，她從第一秒鐘就引起了他的注意。

　　大部份女生也留着一頭及肩的長髮，但前面的女生，短髮剪到耳朵之上，比起很多男生還要短，不禁令他「眼前一亮」。

　　但女生一直沒轉頭，夏桑菊無法看到她的樣貌。排到她的時候，她向小食部的嬸嬸説：「我要一包薯片。」

　　小食部的嬸嬸搖搖頭，「沒有薯片啦。」

　　「那麼，給我一罐可樂。」

　　嬸嬸微笑着，耐心地解釋：「你是新

生吧?為了同學的健康設想,從去年開始,小賣部已停售薯片和汽水等零食啦。」

「這真是一間怪學校,那好吧,給我**五元燒賣**。」

女生拍了八達通付錢,一拿起嬸嬸用紙袋盛着的燒賣,一轉身就準備離開,但她轉圈的速度太快,在紙袋口的一顆燒賣像推鉛球一樣的給擲了出來。

夏桑菊眼明手快,一手接住了。

與此同時,他終於也看到女生的臉,她的臉孔皙白卻有點憔悴,一雙眼睛大得驚人,眼裏卻透出一種冷冰冰的感覺。

滿以為,女生會因自己的失誤而連聲道

歉，他也準備好說沒關係啦，只是意外罷了。

　　奇怪的是，她非但沒表現歉意，只瞄了瞄他掌心上的燒賣，笑容欠奉冷淡地說：

「**笨蛋**，那好吧，這一顆送你吃！」

　　然後，她就走開了，只留下呆在當場的夏桑菊。

　　記起常識科老師教過的環保意識，他只好一手把燒賣拋

*11*

進口中，免得浪費食物。從不愛吃燒賣的他，不知怎的覺得非常好味。

當他走到三樓的小三戊班課室，很多同學們已回來了，大部份都是同班已兩年的熟悉面孔，包括有高材生蔣秋彥、大塊頭孔龍、胖嘟嘟的方圓圓、麻煩的 KOL、運動健將曾威峯、長得瘦弱但成績冠絕全班的呂優、他的好朋友姜 C，當然還有「老是常相見」的黃予思。

夏桑菊的爸爸夏迎峯和黃予思的爸爸黃金水，是自中學時代已認識的好朋友，

所以，兩家人經常相約見面，兩人自小便認識。

坐在教桌前的黃予思，正握着一部智能電話，垂下頭不停在掃着熒幕，他走到她身邊去，瞧見她正玩着一個轉珠遊戲。

他興奮地説：「乳豬，我剛才在小食部見到一個古怪女生！」

黃予思沒好氣地問：「她有四隻手？八隻腳？」

「沒有。」

黃予思抬眼看了他一下，又把頭埋進

手機中，愛理不理地説：「那就不算古怪，只是你在大驚小怪啊。」

「不啦，她真的很古怪，她對我説的第一句話，居然叫我笨蛋——」

「那麼，她也不古怪，只是非常坦白吧。」黃予思頭也沒抬，吃吃地偷笑。

「不啦，你聽我説，她最古怪的就是——」

夏桑菊説到這裏，猛然停下了説話。

只因，在課室後方交談的兩名男生走開後，那個大眼的短髮女生，原來正坐在最後的一排座位上，低着頭靜靜看着一部小巧的平板電腦。

　　剛才，他被兩個男生擋住了視線，才未能發現她啊。

　　黃予思見他一下沒了聲音，抬起眼看看捂住了嘴巴的他，再循着他盯着的方向一看，聰慧的她一下便知發生何事。

　　五分鐘前，她見到那個女生踏進課室來，二話不説就走到最後一排座位坐下，刻意跟同學們保持距離，一張臉冷冰冰的，

恍如要拒人於千里外。

　　作賊心虛的夏桑菊兩腳發軟，在黃予思身邊跌坐下來，背對着女生驚魂未定。

　　他按着胸口，悄聲地説：「好恐怖！晚上別談神論鬼，早上就別批評人啊！」

　　黃予思幸災樂禍地笑：「太好了，你碰巧不巧就跟你口中的怪人編在同一班了啊！」

　　「不知道她有沒有聽到我的話，你替我看看，她有沒有用 X 光眼怒瞪着我的後腦在看啊，我好像有點頭痛！」

　　黃予思斜過臉一看後面，女生仍是看着桌面上的平板電腦，木無表情的。

「沒事啦。」

「呼！她好像危險的火星人，我以後還是跟她保持距離比較好！」

黃予思對這些事倒是先知先覺，她告訴夏桑菊：「很多事情，由不得你來決定啊。」

上課鈴聲響起，班主任安老師請大家依照本年度的新座號，一個個順序的坐好，身為15號的夏桑菊在課室第三排正中央坐下，心裏正期待16號，

會來一個熟悉又談得來的舊同學。

　　豈料，那個火星來的女生走到他身邊的座位，用**大眼睛**乾瞪他一眼，就坐下來了。

　　夏桑菊全身的毛髮都豎了起來，只不過，他仍是非常慶幸女生沒有再喊他：**笨蛋** !!

看看坐在前一排斜角座位、座號 8 號的黃予思，正向他拱手抱拳，做出拜年時「**真是恭喜你啊**」的動作，笑得合不攏嘴的。

　　開始上課，怪女生從全黑色的書包裏取出了課本和筆記，正襟危坐的夏桑菊，瞄到她桌面的學生手冊上寫着的名字是：胡凱兒。

　　夏桑菊知道，在接下來的日子裏，他即將要跟胡凱兒「**火星撞地球**」了。

第 **2** 章

# 未曾滅絕的恐龍

開課第一天，安老師選出班長一職，由夏桑菊擔任男班長，女班長則由蔣秋彥擔當。

蔣秋彥是成績優異的高材生，性格溫柔又待人友善，彷彿挑不出任何缺點⋯⋯不，她有個缺點，就是說話太陰柔，也就是人們口中的「陰聲細氣」。

第一節小息快將完結，蔣秋彥見黑板畫滿了同學的塗鴉，會妨礙着下一堂老師

的授課，她禮貌地喊：「今天是誰當值日生？請問可不可以把黑板擦一下？」

唉啊，她的聲音太小了，在同學們喧鬧的聲浪中隱沒了。她提高聲音再喊一遍，大家還是充耳不聞。

正在窗前跟好友姜C談論手機最新遊戲程式的夏桑菊，真的看不下去，蔣秋彥也太有禮貌了，當然勸不動這群戊班的頑劣學生。

夏桑菊自信滿滿對蔣秋彥說：「讓我來收服他們。」

他走到老師桌前，看看貼在桌邊的學生座號表，今天的值日生，該由座號1的孔龍擔任。

大事不好！

孔龍是班內塊頭最大的男生，他正在課室後頭，跟四個男生在拗手瓜，比腕力。

太可怕了！孔龍用了三秒鐘就把一個男生的手臂壓到桌上，發出砰的一聲巨響，那男生臉上流露出痛苦的表情，手臂好像

折斷了。

　　夏桑菊吞了一大口口水，怯怯地走到孔龍面前，硬着頭皮對他説：「**恐龍**，你是值日生，把黑板擦一下吧。」

　　孔龍坐在位子上，動也不動地説：「小菊，你今年不知交了甚麼好運，榮升班長了啊？」

　　「**嘻嘻**，也許是**噩運**。」

　　孔龍用手在他的陸軍頭的前額往後腦一掃，然後，把手肘放在桌上，一副戰鬥格，有恃無恐地説：「來吧，我

們來比臂力，誰輸掉了就擦黑板！」

夏桑菊嚇得差點尿褲子，苦笑問：「這

這這⋯⋯怎可以？」

孔龍趾高氣揚地道：「為甚麼不可以？男生就該上戰場解決事情！」

這時候，上課鈴聲響了起來，同學們都開始乖乖返回座位，進來的老師見到黑板上花花綠綠準會**大發雷霆**的吧？

夏桑菊再看看孔龍粗壯的手臂，幻想到自己手骨碎裂，二變四，四變十六的照X光片慘狀。

夏桑菊只好陪笑地道：「我明白了，你的手臂一定很痛吧！我替你擦這一次，下次由你自己來囉！」

夏桑菊三步併兩步的走到黑板前，拿起粉刷起勁地把塗鴉擦乾淨。他走回自己

的座位，發現胡凱兒正用一副瞧不起他的
神情盯着他，他連忙別過臉去，滿心也是
尷尬。

　　他真不明白，為何班主任會那麼看得
起他，甚至沒有經過全班同學的投選，便
已直接指定他做班長。

若有可能，他會舉腳推薦孔龍做男班長。看到他一副暴龍似的威勢，張牙舞爪吼吼叫（幻想一下，張開口更會噴火），走動時連地板也會感受到震動，任誰也會嚇到心膽俱裂，課室的秩序應該好得拿最佳班級獎。

27

　　第二節小息前的一課，胡凱兒在抄寫着老師在黑板上記的英文筆記，手中的鉛芯筆卻突然斷墨了，她用手指頭嗒嗒的按了幾下，沒有新的一枝鉛芯跳出來。

　　她搜索一下那個有點殘舊的黑色筆袋，然後搖了搖頭，嘴裏在嘮叨甚麼。夏桑菊從旁發現到了，忍不住想幫一把，從他的筆袋裏取出一筒筆芯，擺放到她書桌上。

　　胡凱兒只瞄了她桌

前的芯筒一眼，卻沒伸手去取，用淡漠的聲音説：「我改用原子筆就可以了。」

「筒內有很多枝筆芯，拿一枝啊。」

「我不想拖欠別人。」

「拖欠甚麼呢，一枝小小的筆芯而已。」

「就算只是一枝筆芯，我也不想拖欠別人。」

夏桑菊覺得滿心委屈，他賭氣地説：「沒問題，隨你喜歡啦。」

29

　　然後，他從桌上拿走芯筒，晦氣地拋回了筆袋內。而她也真的改用了藍色原子筆繼續寫筆記，兩人沒再說話。

　　午飯時，夏桑菊拿到飯盒後，特意移坐到黃予思身邊的座位一同吃飯，由於冒出了一個古怪離群的胡凱兒，他深深感受到黃予思才是他的好朋友。

　　黃予思不忘譏笑他：「你怎麼要坐過來？你不是要進行『火星任務』嗎？」

　　「任務失敗了。」他打開那盒通過校方訂購的飯盒，又是他不愛吃的洋蔥魚柳紅米飯，無趣的他更無趣了。

　　黃予思打開她帶備的塑膠飯盒，一陣

飯香撲鼻而來，是他最愛的粟米肉粒飯啊。黃予思的爸爸在旺角區開餐館，總可以近廚得食。

　　黃予思正要起筷，卻見夏桑菊活像餓鬼的盯着她的藍色飯盒，她把飯盒推到他面前説：「跟你交換。」

　　　　　　　「真的可以嗎？」

　　　　　　「我可不像你，不肯跟別人交換禮物的啊。」

　　　　　　　夏桑菊尷尬一笑，那是他每

次回想也覺得羞愧的事啦。

在他兩歲時，他爸爸和黃爸爸在聖誕節共聚，那是他人生第一次交換禮物，卻不明白交換禮物的意思，死命抱着手裏的禮物不放，不肯交給前面已遞出了禮物的黃予思。這件事讓兩家人笑足七年。

夏桑菊捧起藍色飯盒，高高興興地説：「我最欣賞你爸爸煮的東西了，謝謝你啦！」

黃予思沒好氣説：「我倒覺得他的廚藝不怎樣高明，所以，不用客氣了！」

然後，她取過了他的飯盒，吃得津津有味。

夏桑菊吃得幾口，有意無意的半轉過頭去，看看一直沒有離開座位的胡凱兒，她正咬着一個麵包，看來她的家長並沒有替她準備飯盒，也沒有向學校訂飯盒，午餐就是那麼單薄的麵包了。

他有點替她可憐，但又覺得這個女生並不值得可憐。所以，他硬起心腸，很快便轉回頭，跟身邊的黃予思繼續談笑了。

　　每天放學後，夏桑菊和黃予思會一同
走向校車的停泊區，登上前往各自地區的
校車。但這一天，他卻在學校門口跟她道
別。

　　黃予思露出了奇怪的表情，他神氣地
告訴她，從新學期起，爸媽批准他自己乘
車了。

「你真是身在福中不知福啊！」

黃予思搖頭擺腦的反應，出乎了他的意料，他奇怪地問：「難道你覺得，搭校車是一種福氣？」

「這個當然，我喜歡乘校車，在車內可爭取時間專心玩手機啊，回家後要馬上做功課，老半天也不能再玩了。」

夏桑菊想想也有道理，但他有自己的一套想法：「我還是覺得，男生長大了就要自己乘車。」

「那沒問題，你過馬路要帶眼睛，我可不想見到一個被撞飛的男生，剛好飛過我的校車玻璃窗前！」

夏桑菊用兩手在胸前打了個大交叉，瞪着眼笑着說：「閂住！」

黃予思也在胸前打了個大交叉，嘻笑一聲道：「閂住！反彈！不回頭！」

兩人笑着道別了。夏桑菊只要走下學校外那條一分鐘步程的斜坡，就可以登上巴士，直達灣仔區的家。

走向巴士站，正好見到迎來埋站的一輛巴士，他跑快兩步就會趕得及，但他卻決定不上車。

因為，對他來説，這真是特別的一天吧。

怎樣形容才好呢？對了，今天的他，要享受當下自由自在、無拘無束的「成人禮」。

嗯，還有，要小心過馬路，不要被撞飛哦！

# 第**3**章
# 負重的白天鵝

　　一星期兩次，放學後，方圓圓和蔣秋彥都會結伴到學校附近的芭蕾舞教室，兩人不約而同也在這家芭蕾舞學校習舞，格外有親切感。

　　老師示範了以一側腿為軸，在半腳尖和全腳尖之間連續屈伸，像揮舞鞭子那樣劃圈，帶動全身作原地旋轉。她形態之優美，簡直像釘在

音樂盒上的磁石公仔，讓學生們看得屏息靜氣。

「好了，現在輪到大家練習。」老師轉向班上十多名女生微笑，要求大家照做一遍。

站在方圓圓前面的蔣秋彥，模仿着老師的動作，就算整組動作顯得不成熟，總算也是**一氣呵成**，學得似模似樣的。

站在課室最末端的方圓圓，看着前面一個個達到要求的女生，她心裏充滿了不安。她努力依照老師的示範去做，以腳尖勉強轉了一個圈，整個人卻平衡不了，腳跟一彎，身子便向地板「嘭」的一聲橫倒下去。

老師馬上走過來慰問，方圓圓瞧見眾女生的視線集中在自己身上，她覺得自己真的太笨了。也不待老師和前頭的蔣秋彥前來扶起她，她已勉力撐起**笨重的身軀**，站起身向大家抱歉地笑。

　　老師見各女生臉上皆露出疲態，她體諒地說：「大家上學了一整天，都跳得累了吧，時間差不多了，這一課到此為止吧。」

女生們頓時放鬆下來，各人的腿部和腳尖都痠痛不已，或立或坐的拉筋。

臨走時，老師宣佈了一個好消息：「我們舞蹈學校有份參與的芭蕾舞比賽，即將在沙田大會堂舉行，今年的指定劇目是《天鵝湖》。下次上課，我會進行**女主角**的選拔，大家要勤加練習啊。」

眾女生聞聲皆**歡呼**了起來，方圓圓更是**雙眼發亮**。

疲累得把後腦倚着玻璃牆而坐的蔣秋彥，用毛巾印着一額子的熱汗，方圓圓拿着水樽走過來，蔣秋彥問她：「圓圓，你會參加選拔嗎？」

「我想參加，但應該不會有演出機會了吧？」方圓圓反問：「小彥子，你呢？」

「做白天鵝公主，是每個芭蕾舞者的終極心願啊！」蔣秋彥點頭確認：「要是我當上女主角，爸媽會很高興的，我會參加。」

方圓圓在心內苦笑，她一直也把蔣秋彥視為她最大的勁敵。這一年，蔣秋彥被班主任委任為女班長，令一直渴望做班長的方圓圓既失望又羨慕。

成為一個芭蕾舞者，更是方圓圓的

「我的志願」。兩年前，她向母親提出想學芭蕾舞，母親的反應，只是從頭到腳打量了她一眼，笑瞇瞇地告訴她：「沒問題啊，你想學便學啊。」

而事實上，她也不知道自己是否該遷怒於父母。在她的家族裏，無論家人或親友，全都長得胖胖的，她也難逃遺傳基因，從小到大都像個矮冬瓜。

在學校和日常生活中，她經常被認識和不認識的人喊作肥妹，恍如她原來姓「肥」，單名一個「妹」。聽了很多年，她已經不生氣，也不介懷了。

翌日早上，方圓圓乘搭早了一班的巴

士回到學校，利用多了半小時的空檔，她走到學校附近不遠的公園，趁四周無人，在公園的草地，用單手按着樹木，踮起腳，勤練着靜態平衡，由於雙腿負苛嚴重，她一下子就已汗流浹背。

　　忽然，身後傳來一把男生的聲音：「肥妹，你大清早在這裏做甚麼啊？」

　　她給大大嚇了一跳，轉過身來看，是讀同一班成績絕頂的高材生呂優。

　　好像被揭發了秘

密，方圓圓腦筋轉不過來，只得結結巴巴

說：「我在……練習。」

　　呂優滿有興趣地問：

「練習甚麼？」

　　「芭蕾舞。」

　　「咦？你學芭蕾舞的嗎？」他瞪大

雙眼問。

　　方圓圓聽得出他話中似乎有種「你會

不會太不自量力啊」的意味，她更尷尬了：

「……只是興趣。」

　　卻沒想到，呂優接下來的話出乎她意

料。

　　「小時候，我也習過芭蕾舞。可是，

在一次比賽之前，我弄傷了腳，傷得非常嚴重，只得放棄跳舞。」

「唉啊，有這樣的事啊。」方圓圓看看個子不高、骨架幼細的呂優，看來比起女生還要瘦弱，他在班中有「哈比人」之稱。她惋惜地說：「你這副身型，原本很適合跳芭蕾舞。」

「沒關係啦，雖然跳不動了，但我還是喜愛芭蕾舞。」呂優卻不介懷地說：「凡有芭蕾舞的表演，我都會去看，最愛的劇目是《天鵝湖》。」

「我也一樣吧！」方

圓圓心裏一陣驚喜，開始放心地暢所欲言：
「我讀的芭蕾舞訓練學校，正要選拔學生參與比賽，演的正好是《天鵝湖》！」

「真的嗎？那麼，祝你能夠順利達成心願！」

這時候，呂優握在手心的手機響起來，他說了兩句便掛線，問方圓圓：「孔龍約我吃早餐，你來不來啊？」

方圓圓聽到孔龍的名字，馬上想起到處破壞、一腳踩爛天橋和油站的**哥斯拉**，她猛揮手的説：「不用了，我這幾天在減磅，準備明天的選拔。」

　　「那麼，我也不阻你練習了。」呂優朝她鼓勵地笑笑，「若你得到白天鵝公主的角色，一定要通知我，我會買票去看！」

　　「不，我送你票子。」

　　「不，我決定用買的，那是對表演者最實際的支持。」呂優向她豎起大姆指説道：「肥妹，加油啊！」

　　方圓圓窩心一笑，感激地看着呂優的背影，然後繼續複習着舞步。

　　放學後，方圓圓乘坐巴士回家，在中途站上車的她，沒法掙到一個座位。在擠得滿滿的車廂中，各乘客要不是用手機上網、打遊戲機，就是打瞌睡，只有方圓圓偷偷把腳尖繃直，偷偷在顛簸的車程中拉長及強化腿、腳和軀幹的肌肉。

　　是的，明知自己是**大冬瓜**，但一如其他女生，她也想爭取白天鵝公主的角色，更要比其他女生**加倍勤奮**。

　　就像一頭**醜小鴨**，總會幻想自己會變**天鵝**。那可能只是安徒生童話集內的虛構故事，但女孩子的世界，正是需要多一點這種美麗夢幻的想像。

## 第4章
# 拒絕友情的女生

開課四天以來，夏桑菊和胡凱兒這一對鄰桌同學，彼此的談話屈指可數。

胡凱兒好像故意對他不睬不理，她該是很討厭他。雖然，他不知有甚麼地方開罪了她，但他當然也不敢過問，免得自討苦吃。

所以，每天也只是靜靜上課。

雖然，夏桑菊也不是特別愛説話，但

當他看看課室內每一對坐鄰的同學，
已由一開始時的陌生，變得稔熟起來
了，每逢轉堂時，大家都會嘰嘰喳喳
的，就是夏桑菊和胡凱兒除外。

他想過，可不可以請班主任調位，
最開心當然是坐在姜C或黃予思身邊，
但坐在其他陌生同學身邊也沒問題啊，
只要表現友善，總會得到同等對待吧。

上視藝科課的時候，全班同學們移師
到視藝教室上課，夏桑菊和他最好的朋友
姜C並肩坐在一塊。

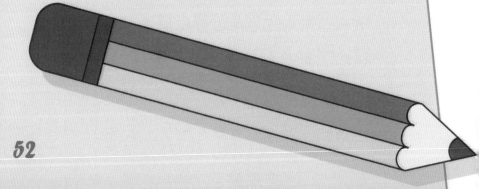

老師出了一個題目，請各同學畫出自己最崇拜的人物，無論是真實世界的人物、漫畫人物或卡通人物皆可。

畫了十分鐘，夏桑菊看了姜C畫的畫，那是一個拿着耙子的豬頭，他真的看不明白。

「BB，你最崇拜的是麥嘜？」

「不啦，這是豬八戒啊。」

夏桑菊不明

白：「豬八戒⋯⋯有甚麼好崇拜的呢？」

「其實，我也不知道自己崇拜豬八戒甚麼啊，但豬八戒手上的武器很厲害，它叫**九齒釘耙**，連**牛魔王**也給打退！」

夏桑菊更不明白了，姜 C 喜歡的好像不是豬八戒，而是這一枝九齒釘耙。

所以，他指指畫中那頭豬拿着像一枝叉子、狀似耕種用的農耙，問道：「其實，你真正崇拜的，會不會只是一個勤力耕田的農夫？」

「也有這個可能啊！」姜 C 也看看夏桑菊畫到一半的畫作，詫異地問：「小菊，你怎麼畫了一頭**手長腳長的烏龜**？」

夏桑菊汗顏地自辯：「那是蜘蛛俠⋯⋯不過，難道你看不出，蜘蛛俠的頭也真像一頭龜嗎？」

姜C露出恍然大悟的神情：「也許，**蜘蛛俠**是人類和**忍者龜**生下來的**混血兒**啊！」

「一定是，除非不是。」

夏桑菊最大的弱項就是在美術方面，尤其是畫畫，畫甚麼也不像甚麼。

他放眼瞄一下坐在附近不遠的同學在畫甚麼人物。只見 KOL 畫着一個正高舉着手機在自拍、擺出 V 字手勢的鬈曲長髮女生……救命啊！她最崇拜的人物是她自己啊！

　　再看看黃予思，她畫的是愛因斯坦……是的，單看畫中那一頭怒髮衝冠，他一眼便已辨認出來了。黃予思在美術方面的天份，叫這個把蜘蛛俠畫得像一頭龜的他，對蜘蛛俠感到很抱歉。

　　再回頭看看努力畫着那枝九齒釘耙的姜Ｃ，他真慶幸自己有個「水準相若」的好友。

　　説起來，姜Ｃ可真是個奇人。

　　最經典的一次，是小一的常識科考試，在「剔」和「交叉」試題上，他這樣回答：

1、 為了節省時間，我們可以在公眾地方更換衣服。

2、 只有在公共洗手間如廁，才需要關門。

3、 女廁人滿的時候，女孩子可以走去男廁內如廁。

姜Ｃ居然將這三個題目也選了「✔」。

當時，夏桑菊看到姜Ｃ的試卷，真的看傻了眼，問他為何要這樣選呢？

「我心裏真是這樣想的嘛！」

夏桑菊心裏想一想，姜Ｃ真是「我手寫我心」。他的常識，也真的「非一般見識」。

結果是，姜Ｃ的成績，連續兩年也考全班倒數第三名，且記了一個大過，卻又奇妙地逃過了留級的命運。

夏桑菊心裏在想，這應該叫「傻人有傻福」。

但是，他卻很佩服這位朋友的天真樂

觀，他好像甚麼煩惱也沒有。

　　不，想起來，姜C不是「好像甚麼煩惱都沒有」，在他的世界裏，真是「問世間『煩』為何物」啊！

　　別看他傻乎乎的，放空時會不自覺的張大嘴巴，夏桑菊找不到比起他更快樂的人。

　　轉堂的時候，夏桑菊和姜C並肩步回課室，姜C突然問：「小菊，胡凱兒是新來的轉校生，你為甚麼要對她這麼壞啊？」

　　夏桑菊衝口而出說：「我沒有對她很壞……」他的聲音愈說愈低，反問姜C：「你為何覺得，我對她很壞？」

「因為，在整個課室裏，只有你和她是扳着臉啊。呵呵呵，就像兩尊動也不動的石像！」

夏桑菊突然想起智利復活節島上的摩艾石像，每一尊也是同樣的木口木面，只有兩尊變成了他和胡凱兒的哭喪臉。

他嚇得連忙搖了搖頭，要揮走腦袋裏那個可怕的影像。他向姜Ｃ求助的説：「我不是想對她冷淡，但她是個不肯讓別人接近的女生，我可以怎麼做呢？」

姜Ｃ絲毫不以為意地説：「難道你沒吃過**心太軟**嗎？」

「當然有吃過。」爸爸經常帶他去家樓下的甜品店，他最愛就是點楊枝甘露和心太軟了。他好奇地問：「但是，心太軟和胡凱兒又有甚麼關係呢？」

「心太軟的外表像一塊黑炭頭，但只要剖開它，就會流出又熱又甜的朱古力漿了！」姜Ｃ説着，用舌頭舔了一下上唇。

夏桑菊聽得肚餓，他也舔了一下嘴唇，然後又像趕蒼蠅似的擺着手説：「不要！我才不要剖開胡凱兒！我是無辜的！她也**罪不至死**啊！」

　　「我可沒見過比你更**傻**的人了！」姜C瞪大雙眼看他：「我的意思是，她的冷冰冰，一定是假裝的啦！她的內心應該像熔岩似的熾熱啊！」

　　夏桑菊沒想到姜Ｃ的話真有點道理，他的眼神又不禁望向前面一堆又一堆同行談笑的同學，從人頭之間，只見胡凱兒獨個兒走着，她的背影好孤獨。

　　夏桑菊得到了好友的勉勵，他說：「好了，我會再努力試試。」

　　「你不會成功的。」

　　「咦？為甚麼呢？」

　　夏桑菊受到了嚴重打擊，差點要把十根指頭都塞進嘴巴裏去，可惜他的嘴巴又不夠大。

　　姜Ｃ傻笑着說：「呵呵，怕你失敗了會抱着枕頭痛哭，先給你一點打

擊啊！」

「你的話真令人喜極而泣呢！」他

露出了一個像極了手機訊息圖案的表情。

接下來的幾堂，夏桑菊也想找機會跟

胡凱兒好好地談話，但總好像時機不合，

拖延之下很快到了放學時間，在老師一踏
出課室之後，她連一秒鐘也不想延慢，即
時動身離開了。

夏桑菊只好對自己說，沒辦法，只好
等明天再靜待時機吧⋯⋯哎呀，不是，這
天是週五，要一直等到下星期一上學才行。

一想到要待上幾天，他就有種心事未
了的不舒服，趕緊抓起了書包，三步併兩
步的追出去。

可惜，繞着樓梯跑下去，已經無法再
尋獲胡凱兒的身影了。

## 第 **5** 章
# 白天鵝公主的苦惱

　　週五放學後，方圓圓和蔣秋彥又結伴到芭蕾舞教室，這天是《天鵝湖》女主角選拔的日子，兩人的心情也同樣緊張。

　　廿多個女生都要安排單獨面對三位老師評判，跳**五分鐘**指定的舞步，壓力真的大得要命！

　　兩人排在一眾女生之後，蔣秋彥先被喊進試場，在門外等候的方圓圓，成了

最後的一個面試的人。她緊張得如坐針氈，渾身發抖手腳冰冷。

十分鐘後，面試出來的蔣秋彥，一臉失落地說：「我又忘記了舞步，只好亂跳一通，應該落選了。」

方圓圓不知如何安慰蔣秋彥，她這個朋友品學兼優甚麼都好，但最大的弱點就是太粗心和冒失了，活像只有七秒記憶的金魚。

這時候，評判喊方圓圓的名字，蔣秋彥拍拍她冰凍的手背，好好鼓勵她一下，她的心情才稍為放鬆下來。

面對目光灼灼的評判們，方圓圓

深深吸口氣，用上視死如歸的心情，使出渾身解數，交出自己跳得最好的一支舞。

順利完成了舞步，她正想離開，評判們卻叫她停步，一名戴金絲眼鏡的外國男評判，托一托眼鏡框問：「要是白天鵝公主的角色由你擔當演出，**你有信心嗎？**」

方圓圓腦袋一片空白，她只是用力點了點頭說：「**我有信心把它演好！**」

男評判跟另外兩個評判交頭接耳的商量，然後對她笑着説：「恭喜你！你得到了白天鵝公主的角色，請你加油！」

方圓圓把這個好消息告訴蔣秋彥，彥彥興奮得捉住她兩手恭賀，她看得出這位朋友是真心替她高興。她為了自己對彥彥有敵意而感到羞愧。

坐巴士回家途中，方圓圓仍是疑幻疑真，不相信自己居然成為了白天鵝公主。

這時候，一對年輕情侶走過來，少年看到她身邊有個空位，向女友體貼地說：「你坐下吧，我站着就好。」

那個樣貌娟好、身材又修長的女孩，用瞧不起的眼神瞄了體型肥胖、「霸佔」了一又三分一張座位的方圓圓一眼，殘忍地笑着揚聲：「哈，我看不到有空位啊，我們一起站着就算了！」

　　方圓圓對衝着她而來的話非常反感，少年也自知女友説了傷人的話，向方圓圓露出一個歉意的神情，就尾隨少女走開了。

　　不知因何，這個不相干的人沒由來的毒舌，使她對自己信心盡失。她突然反問了自己一句：方圓圓，你真的是演白天鵝公主的適當人選嗎？

## ——你真可以？

　　大清早，方圓圓又走到學校附近公園的草地，本來該為表演作準備的她，卻喪失了所有鬥志，在樹木下呆坐。

　　上學路過的呂優又走了過來，看見方圓圓愁眉不展，試探地問：「肥妹，你參

加選拔了吧？賽果出了沒？」

　　她説自己得到了白天鵝公主角色，呂優睜大雙眼地問：「那是開心事啊！那麼，你坐在這裏幹甚麼？為何不加緊練習？」

　　方圓圓唉聲嘆氣：「我太胖了，沒資格做白天鵝公主的角色。」

「誰説你沒資格?」

「不用誰來提醒,我也有自知之明的吧!」她忍不住大吐苦水:「由我來飾演白天鵝公主,台下的觀眾只會取笑我是肥燒鵝吧?」

「別胡説!」呂優皺起眉頭,突然想到甚麼,滿臉內疚地説:「對啊,我也經常叫你肥妹,應該令你覺得不舒服,我向你道歉就好啦!」

對於呂優的自責,方圓圓驚訝地搖了搖頭。

呂優卻用認真的語氣説:「其實,我真的沒惡意,只是人云亦云……正如有很

多同學稱我『哈比人』，我也覺得無傷大雅，因為，真的沒有一個同學比我更矮小了吧？」

　　方圓圓倒是不好意思起來，她也認真地解釋：「我真的沒怪你，我也不怪別人叫我肥妹。反正，誰說我的身材不超重，甚至不覺得我是個肥妹，我只會覺得他們近視加深了，該驗一下眼啊，或者在捉狹我吧了……說到底，做芭蕾舞者是我的心願，但我這個樣

75

子，是不可能成功的。」

　　呂優看看自信盡失的她，嘆口氣說：
「評判們也讓你出賽了，難道你真想
自己放棄嗎？」

　　「我想通了，趁現在仍可另作他選，
我會盡早向他們請辭。」

呂優覺得失望，想到自己兩年前黯然退出舞班，不再碰芭蕾舞的複雜心情。

　　方圓圓倒是撐起精神，反過來笑笑安慰他：「只是小事一樁，不用擔心我啊。決定辭演，我整個人頓時輕鬆了下來，感覺良好啊！」

　　呂優無話可說，只好苦笑離去了。雖然方圓圓口裏說得輕鬆，但他看到她端着強笑的苦瓜臉，仍可感受到她心裏的挫折和口是心非，讓他看不下去。

　　他希望幫助她，卻不知如何替她**解開重重心鎖**。

## 第 **6** 章
# 神奇的發現

開學五天了，讓夏桑菊覺得最開心的，就是可以到學校附近走走。

就算，他在群英小學已讀了兩年時間，但每天皆以校車往返，學校範圍以外的事物，他幾乎一無所知。

所以，這幾天，他放學後都會在學校附近逛一下，發掘新鮮事物。然後，好像玩砌圖一樣，他對西環這一區，總算有了輪廓和初步認識。

一連四天，他也走落正街的大斜路，也去了一探傳說中很猛鬼的**高街鬼屋**，亦發現了一個令人身心舒泰的公園和運動場，讓他看了一場精彩的足球賽。

這一天，他決定不走下大斜路，改去堅尼地城那邊的平坦大道。香港大學與群英小學相距只有五分鐘路，他想潛進大學

內探一次險。

　　正當夏桑菊路過了著名的英皇書院，前往香港大學的路途上，放眼張望四周景物之際，走在前面的一名女生忽然引起他的注意，因為，他認出了那一頭短髮。

　　他擦擦眼睛，再看看她背上那個全黑色的書包，真是胡凱兒啊。他心頭一陣高興，沒想到又跟她遇上了。

　　原來，胡凱兒也沒有坐校車，當然也不會有家長接送，她是他心目中的**獨行女俠**。

　　他想跑上前跟她相認，但又覺得不大好。他怕突然現身會嚇壞她，也害怕被誤會他一直在跟蹤她。

　　他彷彿聽到她一臉生氣地罵道：「**笨蛋！快走開！**」

　　他有所顧忌，只能一直相隔着半條街的距離，考慮着下一步該怎樣做，不知不覺就跟隨了她的腳步。

　　胡凱兒在一家精品店的櫥窗前停駐了一分鐘，然後走進一家大型商場內。路過

一台自助販賣機，她拍了八達通，買了一罐可樂，然後在商場的美食廣場中，隨便找個空位坐下。

然後，她從書包取出了那個小巧的平板電腦，接着，又拿出了另一件物件，他一見到就不禁失笑。

是一包薯片。

夏桑菊心裏想，在這間「怪學校」吃不到「不健康食品」，所以，她一踏出校門就要大嚼特嚼了。

　　但他也明白，雖然她的身形瘦削，但每天午餐只得幾個麵包充飢，肚餓也是正常的。

　　她一邊喝汽水和吃薯片，一邊掃着那個小巧的平板電腦。雖然，她大部份時間都是低下頭，但夏桑菊生怕會被她發現，不敢坐得太近，他遠遠躲在美食廣場幾個易拉架的廣告牌後面的座位，讓前面的一個大大的炸雞廣告擋在他倆之間。

　　他偷看着她，出奇地發現了，在學校

內全無笑容的她，看到平板電腦在播着甚麼好笑的，掀出了一個微笑來。

不知怎的，見到她笑了，他也不知不覺笑了。

原來，她笑的時候，兩邊臉頰上會出現兩個**深深的酒渦**，這個發現讓他非常吃驚。

坐了十分鐘，胡凱兒合上平板，站起身來快速地離開，卻沒帶走餐桌上的那罐可樂和吃光了的薯片，似乎是懶

得理會。

　　夏桑菊心裏笑罵，她這人真是個**沒公德心**啊。

　　他決定替她善後。走到她坐的餐桌前，把那個喝光了但仍是冰凍的鐵罐和薯片空包拿起，丟掉只有數步之遙的一個大垃圾箱內去了。

　　然後，他看到胡凱兒走進商場旁邊的港鐵站，該是要乘搭地鐵回家了。

　　他見時間不早了，自己也要回家了，就在那個恍如老鼠洞口的港鐵入口停下了腳步。

　　他記起，這幾天放學時，也忘記跟她

道別，他便朝着她拾級而下的身影，用只有他自己聽到的聲音説：「拜拜！下星期一見！」

　　步往巴士站途中，夏桑菊覺得口渴，他正想走進便利店買一盒維他奶，但當他經過街上的一台自助販賣機，卻不禁停下了腳步。

　　各類飲品都有，他把食指伸到維他奶的按掣前，最後，卻用力按下維他奶上一行的可樂去了。

　　由於媽媽不准夏桑菊喝汽水，家中從不會購買汽水。他平時都只會喝白開水、益力多或荳奶，幾乎都忘記汽水的味道了。

他一邊喝可樂一邊等巴士，胃部好像給二氧化碳填滿了。然後，他忍不住舒服地打了一個嗝，排在他前面的一個嬸嬸卻轉過頭，向他投來一個不滿的眼神。

　　他很不好意思地垂下了頭，伸了伸舌頭，又忍不住偷笑起來了。

# 第7章

# 樹熊 VS 黑熊

週一早上，夏桑菊如常的在小食部喝着維他奶，當他咬着飲管，看着男生們在籃球場上比賽，姜C忽然氣急敗壞的跑到他面前。

他氣喘如牛地說：「太好了，小菊你真的在這裏！快跟我來，課室出大事了！」

「你又把粉刷拋出街了？」

是小二時的事，姜C和他在課室追逐扭打時，姜C路過黑板前，狂性大發之下，

隨手拿起粉刷就朝他擲過去，夏桑菊身手敏捷的避過了，粉刷直飛出窗外，剛好就落在樓下路過的校長頭上。

這就是姜C被記了一個大過的原因了。

姜C說：「不啦，這一次是方圓圓！」

「你把方圓圓拋出街了？」

夏桑菊嚇得把手中的紙包不小心一壓，維他奶從飲管像一條噴泉的噴到姜C褲子上。

　　姜 C 告訴他五分鐘前在課室發生的事。

　　方圓圓跟兩個女生們在課室門口處談話，大塊頭孔龍回來了，見方圓圓半個身子擋住門口，馬上就表示不滿，惡狠狠地説：

「死肥妹，不要擋在門口啦！你以為自己在守龍門嗎？」

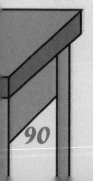
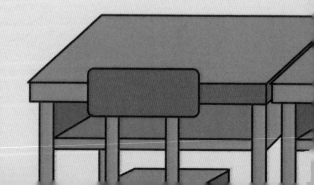

方圓圓是班內身形最胖的女生，四肢也短小，好像一個**不倒翁**。

　　雖然如此，但孔龍如此無禮的嘲笑，還是讓方圓圓很尷尬。但礙於他暴龍似的威勢，她只好趕緊縮開了身子。孔龍不耐煩的踏進課室，他用單肩揹着的巨大軍綠書包，卻硬生生撞在方圓圓的熊背上，讓她整個人飛跌在地上。

課室內的同學們齊聲嘩然，兩個女生連忙扶起了方圓圓，孔龍一副事不關己的步回自己的座位。大夥兒都向孔龍追討，要求他向方圓圓道歉，但他堅決不從。

方圓圓覺得滿心委屈，伏在桌上哭起來了。

夏桑菊聽完事情始末，感到非常為難，對姜C說：「BB，你可以當作見不到我嗎？」

姜 C 抱住了臉頰，驚嚇地問：「那麼，我面前的是一隻鬼嗎？」

　　夏桑菊不得不老實地說：「其實，我一點也不想理會課室發生的事！」

　　「為甚麼啊？」

　　「我根本不是做班長的材料。」夏桑菊嘆口氣說：「我就像個不喜歡唱歌的人，卻拿了最受歡迎男歌手獎項。」

　　姜 C 興奮得手舞足蹈：「我喜歡唱歌，我也想拿最受歡迎男歌手獎！YEAH！」

　　夏桑菊聽過這位好友獻唱《苦瓜》，聽得身旁的他像個苦瓜，他坦白地說：「我

相信，聽眾的眼睛是雪白的，你還是儘早心息就好了。」

姜C興奮得**手舞足蹈**：「不怕，聽眾是用耳朵聽歌的啊！YEAH！」

隨着姜C回課室，方圓圓仍是伏在桌前在飲泣，旁邊有幾個女生圍在她身邊安慰着。再看看坐在窗邊座位的孔龍，他正繞着雙手，兩眼望出窗外，也是一

副生氣相。

夏桑菊真希望自己是個普通學生，對這些紛爭坐視不理。可是，他升格為班長，課室內不論大小雜務也跟他有關，不得不管。

他硬着頭皮走到孔龍面前，對他好意勸道：「你給方圓圓道歉一聲吧。」

孔龍一臉不忿：「我為甚麼要跟她道歉？」

這時候，KOL 走過來，舉起手機想拍攝這一場「校園欺凌實況」，孔龍作了一個揮拳要揍她的姿勢，KOL 嚇得馬上把手機收回裙袋裏，逃了開去。

夏桑菊害怕給方圓圓聽到，他掩着嘴角小聲説：「恐龍，**你不該拿女生的身形開玩笑。**」

孔龍冤枉地大喊：「為甚麼？我有用錯形容詞了嗎？她左看右看，前看後看，甚至倒轉來看，還是一頭**豬油滿滿的肥豬！**」

大家都聽到了孔龍火上加油的話，有些同學忍不住竊笑，但也有更多看不過眼的同學向他**怒目瞪視。**

方圓圓當然也聽到，

她更委屈了，臉上一陣**火辣辣**的燙，哭聲更**響亮**。

夏桑菊左右為難，最不幸的是，蔣秋彥還未回校，否則，這位正義的女班長一定會出手擺平。

他只好扳起了臉，擺出一副公事公辦的班長模樣：「孔龍同學，你欺負女生，現在記名一次，我也會向班主任報告這件事！」

「**我真的好害怕啊！**」孔龍真的動氣了，他用巨大的手掌一拍桌面，猛喊一聲：「**吼！**」

課室內所有物件都跳一跳，有幾枝粉

筆掉到地上，牆身的油漆也剝落了一片，夏桑菊也給嚇得心膽俱裂，一連後退兩步，卻撞上了一個甚麼東西。

他轉頭一看，只見他把剛返到課室、剛路過的胡凱兒的黑色書包撞跌在地上，他急忙替她把書包拿起，連聲說對不起。

胡凱兒瞪了夏桑菊一眼，再看看劍拔

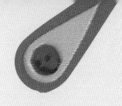

　弩張的孔龍，她也沒說甚麼，從他手上抓回書包，就走回座位去了。

　　這時候，孔龍連珠爆發地說：「夏桑菊，我真的受夠你了！你這個全級考一百零一名的低材生，憑甚麼做班長？來吧，我們來比臂力，誰輸掉就聽從對方的！」

　　夏桑菊嚇得差點尿褲子，苦笑問：「這這這……怎可以？」

　　孔龍趾高氣揚地道：「為甚麼不可以？男生就該上戰場解決事情！」

　　「但我是**班長**啊！」

　　「但我是**班霸**啊！」

　　孔龍用手在他的陸軍頭的前額往後腦一掃，然後，把手肘擺好在桌上，一副迎戰的姿勢。

　　他挑釁着説：「怎樣？你不敢坐下，就當作是我贏了，你也回到座位痛哭一場好了！」

　　給下了戰書的夏桑菊，真想有時間寫

下遺書。他陷入拒絕就太沒面子、接受就要送院救治的兩難局面。

就在這時候，一把聲音冷冷地響起：

「讓我來！」

所有同學也循着聲音的來源看去，竟然是那個孤僻的新生胡凱兒。

她從座位站起來，慢慢走向孔龍，擦過夏桑菊身邊之時，問了他一句：「男班長，可以容許我代替你作賽嗎？」

　　別玩了好嗎？夏桑菊想開口拒絕，但看到胡凱兒堅定又尋求他認可的眼神，他居然無從抗拒的點了一下頭。

　　孔龍好像在看一場笑話，他笑瞪着胡凱兒説：「我不跟女生作賽。」

　　胡凱兒扭一下右手的手腕，在鼻孔哼一聲説：「那就別把我當作女生。」

　　她拉過一張椅子，在孔龍對面坐下，把右手肘放在桌上，直視孔龍説：「一局定勝負。」

　　孔龍開始感覺到這個古怪女生的氣勢，也就不説話了。他用手在陸軍頭

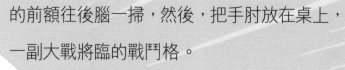

的前額往後腦一掃，然後，把手肘放在桌上，
一副大戰將臨的戰鬥格。

　　二人以右手虎口相握握住對方拇指，可笑的是，看來就像一棵大樹幹和一枝小樹枝盤結在一起。

　　所有同學也圍了過來看這場世紀之戰。姜Ｃ走到夏桑菊身邊，突然拖起他的手來。

　　「你為甚麼拖着我的手？」

　　「我很緊張耶！」

　　夏桑菊揮開了他的手，他不安地說：「別煩我，你不見我已經心煩意亂嗎？」

　　「要不要我為你獻唱一首《心亂如麻》？」

　　賽事開始，孔龍彷彿因對方是女生而輕敵，只用上了五分力，可是，當他怎樣

使勁，面前這個女生骨瘦如柴的手臂也紋風不動，他知道大事不好了。

他想要發力但已來不及了，胡凱兒已把他的手壓下去，他急得漲紅了臉，卻只能眼睜睜看着自己的手慢慢給扳向桌上，終於，他的手背觸到桌面，**不消一分鐘已輸掉**了。

孔龍想投訴甚麼，又或提出改成三戰兩勝，但剛才他對一局作結並無異議，現在也就真的無法抵賴了。

眾同學爆出了震天的**歡呼巨響，掌聲不絕**，胡凱兒站起來，轉向夏桑菊問：「男班長，

你剛才説要這位同學做甚麼？」

嘴巴張大得可放下新奇士橙的夏桑菊，呆了好半晌才説：「對啊，恐龍，請你向方圓圓道歉。」

孔龍一臉頹喪的走向方圓圓，對她説了一句：「我不該對你説那種話，很對不起。」

方圓圓收起眼淚，眼鼻紅紅的她，默默點一下頭，表示原諒他了。孔龍垂頭喪氣走出了課室，像一頭戰敗的恐龍。

同學們再次爆出歡呼，大家都對這個不可思議的賽果嘖嘖稱奇。這時候，黃予思回來了，她捉着姜C問：「我錯過甚麼了？」

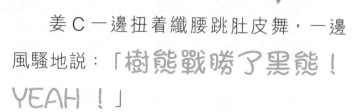

姜C一邊扭着纖腰跳肚皮舞，一邊風騷地説：「樹熊戰勝了黑熊！YEAH！」

「對不起，我問錯人了。」她作了一個掃走手機熒幕畫面、由右撥向左的手勢，姜C就彈飛開去了。

108

夏桑菊走向沉靜地坐回位子的胡凱兒，他衷心地説：「感謝你的幫忙，**你真的太厲害———**」

　　胡凱兒毫不客氣地打斷了他的話：「別誤會，我沒有幫助你。」

　　「嗯？」

　　「我只是對那大塊頭看不過眼，那是我和他之間的事。」

　　夏桑菊還是微笑着：「那麼，我替所有對他看不過眼的同學感謝你。」

　　胡凱兒冷冷掀一下嘴角作回應，縱使如此，夏桑菊心頭仍是暖暖的，因為，他是真心佩服她了。

# 第8章
# 白色謊言

　　午飯時間，夏桑菊把難吃的飯盒勉強吃完後，走到課室門外的走廊觀看男生們在操場上打籃球，四周張望的時候，他的目光碰上一個人，是孔龍。

　　孔龍正站在一樓的走廊，看來想跟全班同學刻意保持着距離，夏桑菊卻在那個L字角的走廊角落發現了他。

　　自從，孔龍在這天早上比輸了，老半天也表現得悶悶不樂，上堂時沉靜得像一

尊墳墓，平日**蝦蝦霸霸**的威勢盡失了。一連兩個小息、午膳也第一時間走出課室，拖延至上課鐘響過後才回來，表情一直非常憂苦。

夏桑菊一早受夠了他的**惡形惡相**，心想他真是活該啊。他轉頭繼續看球賽，但這天那幾個男生好像打得特別差勁，他看不下去。

　　再看看孔龍，自大狂妄的惡人落難了，好像顯得更可憐。

　　夏桑菊嘆了口氣，步下了兩層樓梯，走到孔龍身邊去，跟他做了同一個動作，把手臂放在欄杆，合十着拳頭。

　　孔龍惡狠狠地斜瞪了他一眼，語氣卻

顯得無奈：「男班長，我又做錯甚麼了嗎？」

「沒甚麼，我剛好路過，不可以一起看球賽嗎？」

兩人靜默了一分鐘，孔龍忍不住地説：「我沒有故意把她推倒在地上，那是意外！」

夏桑菊告訴他：「我每次從巴士下車時，書包總會敲到坐在車門前的乘客的後腦勺，所以我明白。」

孔龍好像安心下來，越說越多：「有人明白我就好了。但我也得承認，我真是喊了她肥妹。」他又不忿，理直氣壯地說：「但我說的不是事實嗎？我有錯嗎？」

夏桑菊想一想便說：「假如每個人也說百分之百的真話，世界將會大亂啊。」

孔龍不解地斜望他一眼。

夏桑菊試舉一個例子：「譬如說，我覺得一間餐廳不好吃，也不會在餐廳內大聲地喊：『這隻雞髀好難吃啊！』

只會在離開餐廳後，才會走去向朋友投訴，也提醒自己下次別再去就好了。」

　　孔龍嗤之以鼻地說：「這不會太**虛偽**了嗎？」

　　「我爸爸說，說謊也有分為**惡意**和**善意**。帶着善良

好難食喲！

好難食喲！

的謊言，叫白色謊言。」

　　孔龍思考着，重複了他的話：「白色謊言。」

　　「對啊，爸爸告訴我，如何把同一句話說得不那麼傷人、同時又能保護自己，很重要。」

　　孔龍用手在他的陸軍頭的前額往後腦一掃，然後，恍如明白的點頭稱是：「也許，我也該好好學習，做人別那麼魯莽了。」

　　午息時間結束前，夏桑菊回到課室預備下午課，當他坐下來，瞄看到身旁的胡凱兒正用平板電腦在玩着一個烹飪遊戲。

可是，當他細看之下，竟發現那個平板電腦熒幕的左下角出現了碎裂的**蜘蛛網**狀，一直延伸到屏幕中央，令半個畫面都模糊不清。

他心下一驚，記起早上撞跌了她的書包，一定就這樣把它摔爛了。

他急急對她說：「對不起，我不知道自己撞爛了你的電腦，我賠償給你。」

胡凱兒一副沒好氣：「**與你無關。**」

「不，你別騙我，我應該負這個責任。」

「不是你弄爛的。」胡凱兒堅持不追究：「我說不是就不是。」

他卻看得出，她只是在息事寧人。

這時候，老師走進課室了，胡凱兒趕緊將平板收回書包內，否則發現了會被沒收。毀爛了電腦這話題似告一段落，但夏桑菊**耿耿於懷**。

# 第 9 章

# 自製的意外

　　一連幾個晚上，方圓圓在床上輾轉反側沒睡好，但她下了最後決定，今天要辭演《天鵝湖》。

　　從舞蹈老師口中聽過一個不朽傳奇，以單腳支撐原地旋轉的**單腿陀螺轉**的最高紀錄，是一百二十一圈，由澳大利亞一位女舞者所創造。但這紀錄是在教室裏造出來，女舞

者卻從未敢在舞台上炫耀這絕活。

　　老師告訴她們，芭蕾舞者的技術發揮，很難在舞台上超越教室裏，只因身在舞台上，就得承受台下所有觀眾們的盯視。抵受不了那份強大壓力，正是不少舞者的致命傷。

　　想到這裏，方圓圓覺得心安理得，她找到了一個庇護自己的最好藉口，她打算利用「承受不了巨大的比賽壓力」去辯白，提出推辭。

　　　　這天放學，由於班主任安老師請女班長蔣秋彥留步處理班務，方圓圓只好先去舞蹈學校。

心事重重的抵達教室，只見參演《天鵝湖》的大夥兒，都用安裝在教室牆壁上的木製橫杆作熱身練習。這天排練的，是劇中二十四隻白天鵝的大群舞。

雖然，她們都是選拔賽的落選者，但大家也精神奕奕，表現得非常團結，她心裏更黯然了。

學員們瞧見呆站在門前的她，對她笑着説：「圓圓，為何不去更換舞衣？練習開始啦！」

她的喉嚨好像給哽住了，只好勉強笑一笑，無言地退出課室，用拖慢了的步伐走到教員室。當她

正要伸手敲門向老師提出請辭，一陣急促而雜亂的腳步聲卻打斷了她的思緒。

她往學校入口處看去，居然詫異地看見呂優，兩人在長廊的兩端打了個照面。

一臉氣急敗壞的呂優看到了她，弓着身子用雙手按着膝蓋歇息，他那副樣子，就像從學校一口氣直跑了七分鐘的路來這裏。

他喘息了十來秒，才向她慢慢走過來，上氣不接下氣地說：「我問了蔣秋彥，她告訴我你們在這裏練舞。」

「你找我嗎？」她不禁瞪大了眼。

「今天早上，我在六樓圖書館看書，不

知道孔龍欺負你，否則我一定會阻止他。」

　　「沒事啦，他向我道歉了。」她更迷惘了，猜不透他趕來的目的。

　　「對啊，那個女主角的角色，**你請辭了嗎？**」

　　方圓圓搖搖頭，然後她心裏明白了，他是為了此事而來。

　　呂優大大鬆口氣，呼吸暢順一點了，他說：「我不是告訴你，我在比賽前弄傷了腳，只得被逼放棄跳舞了嗎？」

　　方圓圓點點頭。

**「我騙你的。」**

「騙我？」

「我當時是整個舞校最優秀的學生，依據老師們一致的評價，我屬於天才型的芭蕾男舞者。換個說法，我命中註定會成為舞蹈家，我的一整個未來，都會跟芭蕾舞有關。」呂優對她乾笑一下，續說下去：「在一次重要的比賽中，我成了全場的焦點，觀眾們都是為了我而來。在出場前，

故意絆倒，把自己的腿弄傷了。」

方圓圓瞪大眼看呂優，難以置信地問：

「你為甚麼要這樣做？」

呂優眼中閃過一抹冰冷，他說：「因為，我從此不用背負眾人的期望而活了，我也可以跟自己愈來愈憎恨的芭蕾舞說再見了。」

「你太過份了！」

不知怎地，脾氣一向和善的方圓圓，心裏冒起一股按不住的怒氣，忍不住直斥其非：

「你有甚麼了不起的？只不過舞跳得比別人好而已！

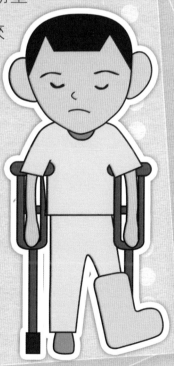

125

你故意弄傷了你自己，卻傷害了所有**疼愛**你的人！」

　　呂優靜默一刻，滿懷歉意地說：「是的，我後來便知道了。因此，我請求你幫助我。」

　　方圓圓眉頭一皺：「我可以幫助你甚麼？」

　　「我想請求你，**千萬不要變成我**。」呂優直視着方圓圓，一字一字的說：「你即將變成那個不懂自愛的我，所以，我決定要及時**制止**你。」

　　方圓圓發了一陣子的呆，是啊，呂優說得並沒有不對。

她斥責呂優傷害疼愛他的人，但她沒由來的辭演，又何嘗不是在傷害投她信任一票的人？

　　這個時候，老師步出教員室，見到仍是身穿校服的方圓圓，笑着提醒她：「白天鵝公主，你還不去換舞衣？」

　　方圓圓點頭答應，老師便走進教室去了，她沒有向老師道出原本想說的話。

　　呂優的話令她猛然明白，自己只是一直把那一點點負面感受在顯微鏡下放大了再放大，不斷往最壞的方向胡思亂想，最

終讓自己心灰意冷。

　　看看堅決不想看到她「墮落」的呂優，她得到了重新撐起來的力量，她感覺渾身在發熱。

　　她的語氣回復了堅定：「要是我演出《天鵝湖》，你真會買票做觀眾嗎？」

　　呂優驚喜地笑：「當然可以……不，我的意思是，那是我的榮幸啊！」

　　「那麼，台下至少有一名觀眾，我可以安心演出了。」

　　兩人相視笑起來了。

# 第10章
## 鎮痛劑

　　放學後，夏桑菊一直尾隨着胡凱兒，思考着如何向她再次提出賠償平板電腦的要求。

　　他真希望自己是**妙手神偷**，從她書包偷走電腦，維修好又神不知鬼不覺的放回書包裏，但那是不可能的吧。

　　這時候，胡凱兒走進一家大型的藥妝店，他瞄看她走到一排貨架前，拿起了一個物件，就走去枱前排隊結賬了。

　　他好奇地走到那個貨架一看，人霍地呆了，雙眼熱起來。

　　夏桑菊飛快走上前，正好趕在胡凱兒結賬的一刻，比她快一步拍了他的八達通。

　　縱使一向表情很少的胡凱兒，也給他嚇一跳，向他揚一下眉問：「你從那裏冒出來的？」

　　他看看她手中的物件，「我剛好路過，見到你買這個，我不可能不替你付錢了吧？」

　　胡凱兒驚覺自己不小心露了餡，想把物件藏好也太遲，只好無奈苦笑，「居然給你發現了。」

「這一次，與我有關了吧？」

她買了一枝肌肉鎮痛噴霧劑。

兩人走到附近的一個小公園內，胡凱兒把噴霧劑的鐵罐搖晃了幾下，想用左手向右手手臂噴射，但不慣用左手的她，不知該如何對準。

夏桑菊二話不說的從她手裏搶過噴劑，對她說：「怕會濺進眼睛，你別過頭去吧。」

胡凱兒這次沒跟他爭辯了，把臉別向左邊，讓他代勞。

夏桑菊把薄荷味的急凍藥劑，在她右臂上噴上了一層又一層。他偷偷看她的側

臉，她正咬着下唇，緊皺雙眉強制痛楚。

她應該很痛很痛。

這女生真的非常**堅強**。又或者，她非常懂得強裝堅強，不肯將自己軟弱的一面坦露人前。

「你痛了一整天吧？」

「一開始只是麻痺，後來越來越痛。」

「對不起啦，本來，**痛死**的應該是我吧？」

「不會啊。」

「你對我那麼有信心？」

「**笨蛋**！因為，孔龍只用一秒就把你扳下來，你連痛的機會也沒有！」

兩人並肩走在石塘咀的大街上，夏桑菊好奇問她怎樣贏孔龍？她告訴他，拗手瓜不單止是鬥大力，當人往**左邊發力**，關鍵就是用**右腳做支撐**。而且，兩人握手度位時，她已經在暗中用力，一切都是**事前部署**。

「孔龍只懂用蠻力，卻不懂技巧，所以才會輸掉。」她扭動一下右臂，臉上又閃一下痛。她說：「不過，他也真是**力大無窮**，只要再比一次，他就不會輕敵了，我沒勝算。」

夏桑菊恍然大悟，原來這也是戰略之一，他讚嘆地說：「原來如此。所以，你才會說一局定勝負。」

「你少讀書，應該沒讀過《孫子兵法》吧？那叫：**攻其不備**。」

夏桑菊真的少讀書，但他至少知道甚麼叫：**五體投地**。

路過一家電訊店之時，他

想到甚麼，對胡凱兒說：「可以等我兩分鐘嗎？我的手機要換保護貼。」

　　老闆替他的手機張貼了新的保護貼，他恍似無心地向店內看手機殼的胡凱兒說：「你的平板電腦的熒幕爆裂了，拿出來看看啊。」

　　「不用了，仍可以使用。」

　　「只看得見半個熒幕，你怎樣玩遊戲？怎樣看 Youtube？怎樣使用 Zoom 上補課堂啊？」

　　胡凱兒好像想不到反駁的話，老闆見兩人都是小學生，也幫口的說：「拿出來看看吧，我算你們便宜一點。」

　　胡凱兒猶疑兩秒，還是把電腦從書包拿出來了，老闆檢查一下，報價換玻璃屏面要四百元，比起牆壁上的維修表所示，已便宜了一百元。

　　夏桑菊請老闆幫忙更換。

　　胡凱兒正想開口拒絕，夏桑菊揚一下手，比她快一步地説：「就當作是我預繳給你的學費。」

　　「甚麼學費？」

　　「你教我**拗手瓜**吧，總有一天，我要跟孔龍正面鬥一場。」

　　胡凱兒冷哼一聲，再看看老闆已拆開機件，她只好對他説：「好的，就當作是

學費，我教你拗手瓜。」

夏桑菊愉快地笑了。

學懂拗手瓜之前，她已經教曉他一件事，那叫攻其不備。

路過一部飲品自助販賣機，胡凱兒請夏桑菊喝汽水，他忍不住好奇問：

「我想知道，你為何愛到自助汽水機購買飲品呢？它的價錢總會比便利店略貴一點啊。」

夏桑菊的問題，似勾起了胡凱兒的記

憶，她牽一下嘴角說：「因為，我遇上了奇蹟。」

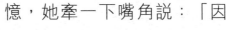

「奇蹟？」

「小時候，我有一次用自助販賣機買可樂，掉下來的卻是一罐檸檬茶。」

「真有那麼神奇的事嗎？」他不禁瞪目，「真是聞所未聞啊！」

胡凱兒擺擺手，彷彿要揮走一些無聊的想法：「當然，也許並不是甚麼奇蹟，只是裝入汽水的工人故意開了個玩笑、或粗心大意放錯一罐。但很奇怪的，自此以後，我便愛上用自助售賣機了。只要飲品掉下來，聽到那好聽的咚的一聲，我心裏便會滿懷希望。」

夏桑菊分析說：「但是，再遇上奇蹟的機會，應該很低了吧？」

「你真是個笨蛋啊。」她用力瞅他一眼,「就算再碰上奇蹟的機會只有一萬分之一也不重要,我想要的,是希望。」

「希望?」

她呷了一口可樂，將目光轉向遠處，一雙大眼睛充滿了悵惘：「有時候，當你甚麼都沒有，你至少想得到一個希望，哪怕那個希望只有短短的一秒鐘。」

夏桑菊凝望着胡凱兒的側臉，他心裏明白，她口中的「你」，其實是指她自己。

是甚麼令她覺得甚麼都沒有，她為甚麼會失去所有希望？他真想知道。

可是，彼此連朋友也稱不上，夏桑菊知道自己沒深究下去的資格。他必須好好地忍耐住，別把她的創傷挖出來。

他知道，總有一天，他會用胡凱兒的好朋友的那個身份，問她到底發生何事，然後好好撫慰她。

在此之前，他只能裝作笨蛋地說：

「哈哈，你遇上我真是太幸運了！」

「請問我有多幸運呢？」

「我以後也會多用飲品自助售賣機，替你掉下多幾罐正常的可樂，你遇到奇蹟的機會就會變成五千分之一，希望也加倍了呢！」

胡凱兒用這個男生恐怕沒救了的憐惜語氣說：「笨蛋！」

請找出以下兩張圖片的十個不同之處。

# 反斗群英 ② 預告

男班長夏桑菊鞠躬盡瘁為戊班同學服務，
滿以為自己會廣受歡迎，
豈料卻遭到眾人無情的攻擊，
到底發生何事？

方圓圓決定接受白天鵝的挑戰，
卻沒料到患上了怯場恐懼症，
她會永遠逃避，
從此躲在紅幕之後嗎？

高材生呂優因何放棄跳舞？
他只說出了一半真相，
另一半深藏在他內心的天大秘密，
終於揭盅！

謎一樣的神秘女生胡凱兒，
為何總要拒人於千里，
誓不與任何人交朋友？
原來，她有一個令人吃驚的理由！

即將轟動上市，
敬請密切期待！

書　　名　反斗群英1：小三戊班
作　　者　梁望峯
插　　圖　安多尼各
責任編輯　王穎嫻
美術編輯　郭志民
協　　力　林碧琪　Key
出　　版　小天地出版社（天地圖書附屬公司）
　　　　　香港黃竹坑道46號新興工業大廈11樓（總寫字樓）
　　　　　電話：2528 3671　　　傳真：2865 2609
　　　　　香港灣仔莊士敦道30號地庫（門市部）
　　　　　電話：2865 0708　　　傳真：2861 1541
印　　刷　亨泰印刷有限公司
　　　　　柴灣利眾街德景工業大廈10字樓
　　　　　電話：2896 3687　　　傳真：2558 1902
發　　行　聯合新零售（香港）有限公司
　　　　　香港新界荃灣德士古道220-248號荃灣工業中心16樓
　　　　　電話：2150 2100　　　傳真：2407 3062
出版日期　2021年4月初版・香港
　　　　　2022年6月第二版・香港